AF221125

Wieland der Schmied

Von Paul Riedel

www.paul-riedel.de
©Paul Riedel, München 2020
Printed in Germany

Umschlag: © Paul Riedel, München 2020
Lektorat: Irma Karamustafic

Erste Auflage 2020

Bibliografische Information der Deutschen Nationalbibliothek:
Die Deutsche Nationalbibliothek verzeichnet diese Publikation in
der Deutschen Nationalbibliografie; detaillierte bibliografische Daten
sind im Internet über dnb.dnb.de abrufbar.

© 2020 Paul Riedel

Herstellung und Verlag
BoD – Books on Demand, Norderstedt
ISBN: 978-3-7519-5465-5

MIX
Papier aus verantwortungsvollen Quellen
Paper from responsible sources
FSC® C105338

Vorwort

Die deutschen Heldensagen wurden im XIX. Jahrhundert verfasst. Sie sind das Ergebnis einer langen Tradition, welche bereits ihre Ursprünge im Mittelalter, höchstwahrscheinlich im VI. Jahrhundert finden. Barden, Sänger und Troubadouren sangen darüber von Stadt zu Stadt und viele erfreuten sich an diesen Geschichten.

In dieser Serie wurden die bekannten Sagas modernisiert und teilweise in eine Sci-Fi-Szenarien gebracht und die Dramatik wurde unserer Gesellschaft im XXI. Jahrhundert entsprechend angepasst.

Sowohl die Personennamen als auch die Orte wurden beibehalten, sofern möglich. Da wo nötig war, dann in einen fernen Planeten übersetzt.

Die Rolle der Frau und die sittliche Werte wurden insbesondere von Bekenntnis und Dogmen befreit. Im Original waren diese Aspekte der damaligen Moral und Weltanschauung gezwungen, was diesem hier in gemäßigter Form widersprochen wird.

Alternative Konzepte für Königreiche und Macht, wie auch die Definition vom Reichtum wurden neu, einer Dystopie entsprechend, definiert.

Dies ist das erste Buch im Rahmen einer Reihe von Erzählungen. Die Helden kommen zumal wieder und die Orte ebenfalls.

Über den Autor:

Paul Riedel wurde in Brasilien geboren und arbeitet als Künstler seit 1978. Neben Malerei, Kunst und Geschichte ist er Stadtführer und Reiseleiter in Süddeutschland.

Geboren im Jahr des Babybooms, behandelt er kritische Themen wie Überbevölkerung, genetische Degeneration, Umweltzerstörung und Gleichberechtigung in alle seinen Werken.

Interesse für die deutschen Heldensagas entstand bereits in seiner Kindheit, wo Fernsehserien wie Ivanhoe oder Prinz Eisenherz populär waren. Ebenfalls die Superhelden haben zu dieser Faszination beigetragen, die ihn zum Schreiben motivierten.

Wieland der Schmied

Die deutschen Heldensagen im XXI. Jahrhundert

Von Paul Riedel

Oertlinweg 1
81543 München
Deutschland
+49 89 74747493
info@paul-riedel.de
https://www.paul-riedel.de

Allweiß an der Weser

Grüne Wiese und Sommerwind waren die perfekte Kombination für den Nachmittag in Wolfsland. Das Gebiet südlich von Jütland war selten so warm.

„Meine Füße schmerzen aber extrem.", jammerte der dreißigjährige Mann und versuchte erfolglos, sich die Fersen mit seinen Händen zu erreichen. Seine rehbraunen Haare waren sonnengebleicht und seine Haut zeigte, dass er trotz seiner wenigen Lebensjahre zahlreiche Erfahrung gesammelt hatte. Narben an seinen Fingern deuteten auf seinen Beruf des Goldschmiedes. Weitere Schrammen ließen vermuten, dass er auch ein Kämpfer war. Das Landstück erbten er und seine zwei Brüder nach dem tragischen Unfalltod ihres Vaters bei einem Erdbeben.

Er war nicht sonderlich muskulös, aber ausgeprägte Sehnen zierten seine Figur und zeigten, dass er doch athletisch war.

Am Ende seiner Lehre mit kaum vierzehn Jahren waren seine Hände an verschiedene Stellen wund und vernarbt. Sein Vater hieß Wateg. Er träumte, dass sein Sohn ein Waffenschmied werden würde, wie andere Männer in der Familie. Jedoch erbte er eher den feinen Geschmack von seiner Mutter, die er nie kennenlernte. Die Vorstellungen seines Vaters über geeignete Berufe und Tätigkeiten für einen Mann differierten maßgeblich bei allen drei Söhnen. Seine Mutter verließ das Haus, wie andere Frauen in seiner Dynastie, nachdem sie das Kind zur Welt gebracht hatte. Er behielt in Erinnerung an sie nur die Erzählungen seines Vaters und eine lange blonde Haarsträhne, die sie gebunden hinterließ.

„Wieland, mein kleiner Jammerlappen. Schmerzen zeigen uns nur, dass wir am Leben sind.", tadelte seine Frau. Ihre Stimme war tief und erinnerte an einen Ruf aus dem Wald.

Ihre Schultern waren etwas breiter als man bei einer feinen Dame erwartete. Diese besonderen Merkmalestörten aber Wieland nie. Allweiß, wie sie hieß, stammte aus einer Region, wo Frauen mal stärker gebaut waren.

„Wie ist es möglich, dass du hier bist? Wir suchen dich und deine Schwestern. Stagsinder ist nach Osten und Eigil nach Westen, um euch aufzuspüren."

Sie hatte ihn ebenfalls nach neun Jahren Ehe unvorhergesehen verlassen und er hörte lange nichts von ihr und ihrer Schwestern. Er und sein Bruder hatten am selben Tag geheiratet.

„Wenn du mich brauchst, bin ich bei dir?", sagte sie graziös. Sie war weiß gekleidet und sie trug ein Kleid mit Schwan-Muster, welche sie so sehr mochte. Ihre Haare waren wie sonst zu zwei Zöpfen gebunden. Sie zierte gerne diesen Zopfenkranz mit Feldblumen.

„Ich schaue jeden Tag den Ring der Liebe, den du mir geschenkt hast, als du mich verlassen hast." Etwas von verletzter Selbstachtung war an seiner Stimme zu hören. Er streckte seine Hand, aber obwohl er seine Kraft spürte, sah er sie nicht vor seinen Augen und konnte ebenfalls Allweiß nicht anfassen.

„Verweile nicht in der Vergangenheit. In meiner Familie ist es so. Wir sind nicht monogam und wir leben selten mit einem Partner zusammen. Sei kein Macho und suche dir eine neue Frau oder einen Mann. Hauptsache jemanden, der dich liebt. Wir bleiben weiterhin beste Freunde. Dieser Ehering ist der Ring der Liebe. Ein Juwel aus meiner Familie, den es selten zu sehen gibt." Obwohl ihre beiden Schwestern blond waren, war ihr Haar dunkel wie die Nacht. Sie saß weiter am Ufer der Weser und badete ihre Füße.

„Ich habe 699 Kopien von deinem Ring angefertigt. Eine für jedes Mal, wenn ich Sehnsucht nach dir habe."

Seine grünen Augen glänzten wie die Sonne über das Wasser der Weser und wieder schmerzten seine Füße.

„Schau mich nicht so an. Ich werde nicht bleiben, andere Aufgaben warten auf mich. Du musst tapfer sein. Sogar wenn ich nicht mehr bei dir bin."

Ihre Stimme war belegt und er verspürte, dass sie ihn weiter in ihr Herz eingeschlossen hatte, aber sie war ein Freigeist und er respektierte ihren Willen.

Tiefer Schmerz ergriff wieder seinen Körper und er hätte geschrien, wenn er könnte. Sein Nacken war steif und Speichel lief kalt an seinen Wangen. Seine Zehen fühlten sich taub und schmerzten mehr, als er es ertragen konnte.

„Das ist ein Traum. Ich muss aufwachen.", rief er sich angestrengt. Er hörte seine Worte, doch sie kamen nicht über seine Lippen.

„Ja Liebling, aber meine Liebe zu dir ist, egal wo, Wirklichkeit." Sie küsste ihn zart, wenn doch er dies bis zum Ende nicht genießen konnte.

Ihr Bild verschwand und wieder hörte er das Wasser der Weser und öffnete seine Augen. Der Traum war intensiv, aber noch intensiver waren die Schmerzen an seinen blutigen Füßen.

Wiedersehen mit alten Freunden

„Wie ich sehe, lebst du nicht schlecht.", sprach der dickliche Mann mit roter Bart und schaute Wielands Werkstatt an. Er war Neiding, der Bürgermeister von Jütland. Die Jahre gingen mit ihm nicht vorteilhaft um. Er litt an Diabetes und frühzeitiger Impotenz, die alle im Rathaus vom Getuschel kannten, was auch auf seine Psyche wirkte. Er wurde grausam und paranoisch.

„Wieso? Du impotenter Betrüger." Wieland spuckte die Beschimpfungen in Richtung Moloch aus, der sich verletzt zu ihm drehte und ihn heftig mit seiner Pranke schlug. Neiding war empfindlich und diese Worte trafen ihn ins Mark. Sein Kopf lief rot an und er ballte seine kleinen Händen zu Fäusten. Es war ihm bewusst, dass sich keiner je davon beeindrucken lassen wurde.

„Als ich hörte, dass du mit Gold und Juwelen erstklassig Geld hier verdienst, fiel mir ein, dass Wateg dir und deinen Brüdern Eigil und Stagsinder dieses Landstück hinterlassen hatte, aber Vermögen hatte er keins. Wo kommen die Schätze auf einmal her? Meine Informanten erzählten, dass du viele Ringe und Juwelen hier hortest. Das Geld, das damals, als ich dich aus meinem Hof verbannte, verschwand, verhalf dir zum Reichtum. Ist es nicht so?" Neidings Augen schienen aus Glas zu sein und sein Versuch überlegen auszusehen, misslang. Wieland lachte. Blut aus seinen Augenbrauen lief seiner Wange herunter und mischte sich mit dem Speichel, der aus seinem wunden Mund floss. Obwohl seine beiden Hände gebunden waren und zwei Neidlings Schläger seine Fersen geschnitten hatten, war sein Lachen weiterhin furchteinflößend.

„Die Familie meiner Mutter sendet mir Gold aus deren Minen. Ich bestehle nicht einen Dieb wie du es bist." Wielands Füße schmerzten heftiger und das Blut pumpte dort, als würden ihm bald die Arterien platzen.

„Meine Mitarbeiter haben dich gebunden, aber treibe es weiter und es werden mehr als nur deine Füße schmerzen. Ich habe niemanden bestohlen. Du hast mich in den Ruin getrieben und ich bin sicher, dass meine Informanten nur die Wahrheit sprechen. Wie viel Geld hast du hier?", erwiderte Neiding empört.

„Alles, was ich besitze, ist hier vor deinen Augen. Ausgenommen den Ring, den du gestern gestohlen hast. ... Denkst du, dass ich es nicht bemerkt habe? Ich zähle diese Schmuckstücke jeden Abend, du Trottel. Du hast das Original, das meine Allweiß mir schenkte, mitgenommen. Hütte dich, wenn ich das hier überlebe."

Die Situation drohte zu eskalieren und Wieland versuchte wieder, seine Hände aus den Fesseln zu befreien. An Mut fehlte es ihm nicht und wären seine Hände nicht so fest gebunden, hätte er bis zu seinen letzten Atem gekämpft, ohne Rücksicht auf Konsequenzen. Alle seine Kraft lenkte er auf den steigenden Zorn auf Neiding.

„Du hast eine Menge Juwelen hier. Ich nehme nur das, was mir gehört. Ich hatte es dir verboten, Geschäfte in Jütland zu betreiben. Meine Mitarbeiter haben ihre Ohren überall. Das hier wird ein Geschenk für meine Tochter Badhilde sein. Sie hat Geburtstag in einem Monat."

Neiding präsentierte sein Los vor seinen Schlägern. Sie lächelten unterwürfig. Weder zu viel, noch zu wenig, Lächeln war überlebenswichtig.

Es war allgemein bekannt, dass er einen goldenen Revolver nutzte, der von Wieland geschmiedet wurde, als sie noch befreundet waren. Die Waffe war mehr als edel im Design, sie war auch zielsicher und unverfehlbar. Sie wurde perfekt justiert und verpasste nie ihr Ziel. Sie wurde sogar getauft. Ihr Name war Mimung. Was keiner wusste, ist, dass das Original beim Wieland war. Der Begriff war eine Widmung an seinen alten Meister, den Zwerg Mime.

Jedes Mal, wenn Neiding den Abzug drückte, wurde eine Stelle frei, oder ein Feind weniger.

„Bitte, nimm mir nicht das letzte, was ich von meiner Frau als Erinnerung habe. Alle Kopien sind perfekt und deine Tochter wird der Unterschied kaum interessieren. Tue das nicht.", flehte Wieland.

Schmerzen und Verrat

„Du bist zu empfindlich. Wenn ich etwas nehme, dann nur das wertvollste. Ich verstehe meine Tochter nicht. Was hat sie einen Narren an dir gefressen? Deinetwegen ist sie immer noch allein. Die Ehe mit Truchseß war damals perfekt arrangiert. Er hatte das Geld, einen Titel und viele gut betuchte Freunde, was uns hätte retten können, aber du hast ihn ermordet. Jetzt hoffe ich nur, dass sein jüngerer Bruder Badhilde erheitert." Wieland hätte gerne widersprochen, jedoch die Schmerzen brachten ihn zum Verstummen.

„Er wollte mich bestehlen. Du hast ihn auf mich gehetzt, alles wegen eines wertlosen Juwels namens Siegstein. Ihn zu erschießen, war die einzige Möglichkeit, mein Überleben zu sichern. Für deinen Verrat hätte ich dich erledigen sollen." Die Fesseln schnitten Wielands Haut und er versuchte mit der restlichen Kraft, sich davon zu lösen.

„Gib auf! Diese Plastikfesseln sind nicht zu brechen. Ja, das habe ich getan. Hätte er mir diesen Edelstein damals gebracht, wäre meine Tochter

einverstanden, ihn zu heiraten.", beschwichtigte
Neiding.

„Aber Badhilde liebte mich seit wir uns das erste
Mal trafen. Ich lernte, Allweiß zu lieben, jedoch deine
Tochter habe ich nur deinetwegen verlassen." Ein
Schwächeanfall machte sich bei Wieland bemerkbar
und er holte tief nach Luft.

„Siegstein ist ein hochwertiger Juwel der Familie.
Bei jeder Vertragsverhandlung tragen wir es. Ich bin
ein wichtiger Mann und meine Tochter weiß, dass sie
nur jemanden mit Einfluss heiraten wird und nicht
einen Schmied wie dich." Neiding stand auf und lief
um ihn herum.

„Traditionen? Ich bitte dich. Einen Dieb wie
Truchseß und seine sechs Männer zu schicken, um
mich zu töten, und keiner von ihnen überlebte. Du
hättest damals aufhören sollen, aber du treibst das
Ganze zu weit. Das wird dir leidtun." Die Wahrheit
könnte nicht herabgespielt werden und Neiding
fühlte sich ertappt.

„Wer hat dir damals erzählt, dass ich die Männer
beauftragt habe?" Er hoffte, dass er nie davon
erfahren würde. Er kam niemals auf die Idee, dass der
Schmied den Überfall überleben würde.

„Truchseß selbst. Er protzte mit dem Auftrag, weil er sich siegessicher war. Aber keiner weiß besser als du, dass ich nicht leicht zu erledigen bin. Deine Verbannung aus Jütland scheint dir mehr zu schaden als mir." Selbstvertrauen unter den Schmerzen war deutlich zu erkennen. Er schwitzte und das trockene Blut akzentuierte sein Leiden.

„Er war nicht sonderlich gescheit, aber er hatte, was ich brauchte. Von heute an, wenn du einen Auftrag in dieser Umgebung bekommst, ist meine Erlaubnis erforderlich, um diesen auszuführen. Und mein Anteil ist Pflicht oder ich erstatte dir wieder einen Besuch. Wer weiß, nächstes Mal könnten die Hände verletzt werden und du könntest den Beruf nie mehr üben. Verstehe deine Strafe als gnädig.", drohte Neiding.

Wieland schwieg und wer ihn kannte, wusste, je weniger er sprach, desto gefährlicher war es.

Die Ursprünge einer Freundschaft

„Das ist märchenhaft schön! Vater, wo hast du so viel Geld auf einmal her? Das ist zu kostbar.", jubelte das langhaarige blonde Mädchen. Sie trug ein himmelblaues Kleid mit Grasmuster. Es sah qualitätvoller aus, als es eigentlich war. So jung war sie auch nicht mehr mit 26, aber sie benahm sich fast zu mädchenhaft für ihr Alter. Sie schaute den funkelnden Ring an und bewunderte die Details der sonderbaren Juwele an.

„Badhilde, meine Tochter. Für dich nur das beste.", protzte Neiding angesichts der Freude seines Nachkommen.

„Wo hast du das denn her? In Jütland sind nicht viele Läden, die sowas führen und du bist selten aus dem Haus. Wo warst du gestern?" Sie probierte den Ring an dem Finger ihrer linken Hand, aber er war zu groß. Sie versuchte dann an den anderen Fingern, bis sie einen passenden fand.

Die Wahrheit zu sagen, fiel Neiding meistens schwer, da nicht selten war, dass dies mit einem Verbrechen verbunden war. Sie erahnte bereits, was geschah und schaute ihren Vater finster an.

„Warst du bei Wieland? Ist das von ihm?" Badhildes Gesicht wurde ernster und die Freude, die sie eben verspürte, verflog.

Ihr Vater merkte, dass er hätte dies vorher überlegen sollen. Badhildes Unmut könnte gefährlich werden. Seit sie die Adoleszenz verlassen hatte, zeigte sie einen ganz anderen Charakter, als er sich je vorstellte.

„Rede!", forderte sie. Erschrocken suchte ihr Vater nach den richtigen Worten.

„Ja, ich war bei Wieland. Es war alles friedlich zwischen uns. Du verstehst auch nichts über Männergeschäfte. Es war ein geschäftlicher Besuch und ich sah den Ring und kaufte ihn für dich.", log er.

„Ich glaube es dir nicht. Jedes Mal, wenn du ihn triffst, werden Drohungen ausgesprochen oder du tust ihm etwas an. Denkst du, dass ich so bescheuert bin, dass ich deine Geschäfte nicht kenne? Und was soll das mit Männergeschäften?" Alles liebliche und feenhafte an Badhilde verschwand und ihre Augen aufleuchteten blau wie zwei unendliche Höhlen aus Eis.

„Hildchen, das ist aber ungerecht. Ich wollte nur sicher sein, dass er mir nichts gestohlen hat. Es spricht sich rum, dass er ziemlich viel Gold bei sich hat. Deine Brüder haben mir erzählt, dass es sein könnte, dass sein Reichtum auf Geld, was von unserem Hof verschwand, aufgebaut wurde. Ich sah nur nach dem Rechten." Seine Macht war verblassen und er wurde nur ein kleiner Mann vor seiner Tochter. Sie lernte in ihren Jugendjahren, ihren Vater zu kontrollieren und auf das Geschäft zu achten.

„Wieland ist immer noch sauer auf dich. Dein Betrug, als du mich mit Truchseß heiraten dachtest, haben weder er noch ich dir verziehen. Und wenn es eskaliert, wird es irgendwann für dich schlecht ausgehen." Sie ballte ihre feenhafte Hand zur Faust und knallte auf dem Tisch.

„Wenn ich keine Maßnahmen ergreife, denken die Anwohner des Landes, dass ich weich geworden bin. Ein Mann in meiner Position kann sich das nicht leisten. Es war von meiner Seite nur deinetwegen gut gemeint." Wieder log er.

„Vater, lass das. Wenn ich so dumm wäre, würde ich dir das glauben. Was die Anwohner von Jütland von dir denken, geht mir am Allerwertesten vorbei. Ich verstehe nicht, wieso du ihn so behandelst. Ihr wart mal Freunde. Du benutzt bis heute Mimung und beim Essen ist das Messer von Wieland, das dir am besten gefällt." Sie schob ihren Vater auf dem Stuhl und er fiel etwas ungeschickt.

„Meine Waffe ist eine Kopie. Das Messer ist ein Erinnerungsstück. Als er noch jung zu mir kam, war er geschickt und beim Weiten ein besserer Goldschmied als Amilias. Sie haben sogar eine Wette abgeschlossen und klar, Wieland hat gewonnen. Amilias war nicht so gut, wie er dachte." Neiding schaute auf seinen Tisch, wo das Messer immer lag und ein nostalgisches Gefühl überkam ihn. Die schönen Jahre, die ihn und Wieland verbanden, waren die besten, an die er sich erinnern könnte.

„Ich kenne diese Geschichte und auch damals hat wieder einer deinen Freunde versucht, ihn über dem Tisch zu ziehen. Du musst besser auf deine Gesellschaft achten." Badhilde schaute weiter den Ring an, unzufrieden mit der Größe.

„Regin, der Idiot. Er war ein Betrüger und hat die Werkzeuge von Wieland gestohlen. Das war peinlich. Als der Junge ihn in Bronze gegossen hat und mir sein Antlitz zeigte, war ich überzeugt, dass es keinen besseren Goldschmied bei uns je geben wird. Er goss ein so perfektes Gesicht, dass ich glaubte, dass er tatsächlich Regin war, nur mit Mühe erkannte ich später, dass es sich um eine Statue handelte. Vielleicht bin ich deswegen so nachsichtig mit ihm." Schuldbewusst schaute Neiding zum Feuer im Kamin und mied, seine Tochter anzusehen.

„Es war wieder eine von deinen Intrigen, die zu einem tragischen Ende der Wette führte und dein Schmied starb durch Schuss von Mimung. Seine Witwe glaubt immer noch, dass Wieland ihn absichtlich tötete.", konterte sie, weiterhin nicht besänftigt.

„Hätte Amilias akzeptiert, dass Wieland ein besserer Schmied war als er selbst, hätte er sich diese Wette erspart und wäre nicht so blöd gestorben.", suchte Neiding nach Logik, wo es offensichtlich keine gab.

„Er glaubte an dich. Er dachte, dass eure Freundschaft eine Garantie für seine späteren Jahre wäre. Er war naiv. Wenn Kerle sich Schwanzgröße messen wollen, gibt es immer solche Katastrophen. Was hat ihm genutzt, zu wissen, wer der beste Schmied ist?" Sie nahm Platz in dem gegenüberliegenden Sessel.

Neiding erinnerte sich, dass er in einem Anfall von Minderwertigkeit anders als Amilias diese Intrige selbst verursacht hat. Es sollte ein harmloser Witz von dem alten Schmied sein, aber die Lage eskalierte und der junge Wieland folgte dem Impuls der Jugend und schoss mit seiner Waffe in Richtung Amilias, der im gleichen Moment zum Boden fiel.

„Hildchen. Was ist das für ein Wortschatz?"
Neidings Augen wuchsen zur Tellergröße.

„Vater, ich fahre morgen zu Wieland und versuche, die Wogen zu glätten, aber ich warne dich, irgendwann wird es mit dir ein böses Ende nehmen." Eine Warnung oder Vorahnung war im Moment nicht entscheidend, aber er merkte, dass er mit seinem Schicksal spielte.

Badhilde ließ ihren Vater allein vor dem Kamin sitzen. Mit leerem Gesicht blickte er finster ins Feuer. Dort sah er im Geist, wie seine Verfehlungen zu Asche wurden.

Jagen ist kein Spaß

Der Morgen war grau und Schnee fiel unter der Wirkung eines starken Windes herunter. Wielands Werkstatt war geschlossen und er pflegte seine Wunden. Sein Hass auf seinen ehemaligen Freund stieg zu einem Wahn. Kaum einen anderen Gedanke konnte er fassen und vor allem überlegte er, wer dieses Geld stehlen könnte. Er war sich sicher, niemandem ein Unrecht getan zu haben.

In Jütland, dem auch das Wolfstal gehörte, war Neidings Ruhm als Geschäftsmann mit zweifelhafter Moral allen bekannt. Er hatte zwei Söhne, welche ebenso ruhmreich waren, für deren Benehmensniveau das weit tiefer als ihre Intelligenz lag. Sie waren beide eher kleinwüchsig wie ihr Vater. Ungeachtet der Arroganz, die sie besaßen, waren sie geschmackvoll und charismatisch. Sie trugen die teuersten Klamotten und ihre Schuhe waren nie abgenutzt.

Er wollte sich zurückziehen, bis seine Wunden geheilt wären, aber an jenem Morgen entschieden sich beide Jungs die Macht des Vaters auszunutzen und Wieland weiter zu terrorisieren. Sie klopften an die Werkstatttür.

„Hey, Mann. Du siehst aber Scheiße aus.", begrüßte der ältere. Er zog seine Hosen wieder zurecht und besaß keinen Scham, diese aufzuknöpfen, um seine Unterwäsche zurechtzurücken.

„Was wollt ihr hier? Ich kann momentan nicht arbeiten.", versuchte er beide abzuwimmeln.

„Wir wollen Jagdpfeile, um etwas Spaß im Wald zu haben. Wir haben aber kein Geld. Das muss so wegen der Freundschaft gemacht werden.", sagte der jüngere, dem ein Zahn an der linken Seite fehlte.

„Ich kann nichts verkaufen oder herstellen und euer Vater verbat mir, etwas ohne seine Genehmigung zu tun. Freundschaft? Echt? So kann ich euch auch nicht helfen. Geht zum alten Meister im Weidwerk." Das war ein Ort unweit vom Wolfstal.

„Ich habe dir gesagt, dass du Mist gebaut hast.", warf der ältere den anderen vor.

„Halt's Maul. Willst du, dass er auch davon erfährt, du Blödmann." Wieland hörte und überlegte, ob der jüngere übersehen hat, dass er mithörte.

Der ältere schaute den Schmied an und fühlte sich ertappt.

„Ich dachte nicht, dass Vater so ausrasten würde. Der ist auch so ein Rüpel. Wir nahmen an, dass er sportlicher damit umgeht." Der ältere schaute zu Boden verlegen.

„Was habt ihr getan?"

„Wir waren hier vor einer Woche und haben Gold von dir mitgenommen. Du hast die Tür offengelassen und wir waren in Eile.", sagte der ältere.

„Wir wollten bestimmt auch zurückzahlen. Das war nur eine Laiengabe.", stimmte der jüngere ein.

„Er meint, eine Leihgabe.", dachte ungeduldig Wieland.

„Er hat Vati erzählt, dass du uns Geld gegeben hast.", petzte der ältere.

„Mann, wir wollten nichts sagen. Vater ist wie er ist. Ich habe gesagt, dass du über hunderte Goldringe hast und deine Werkstatt wäre voll mit Juwelen und da ist er auf die Idee gekommen, du hättest Gold von ihm gestohlen. Er versteht die Sachen immer so falsch, weißt du?" Der ältere schaute weiter verlegen zu Boden.

„Ihr habt das Geld von euren Vater jetzt und auch damals entwendet. Er nahm an, dass ich es mit in meine Verbannung genommen hätte. Habe ich richtig verstanden?", fasste er zusammen.

„Wenn wir mit ihm reden, wird er dir alles genehmigen. Das Geld von damals ist weg. Wir sind seine Lieblinge.", lachte der ältere.

Wut stieg in Wielands Inneren und er hätte beide erwürgt, wenn er aufstehen könnte. Sein Magen drehte sich und er tobte vor Wut.

„Wir wollen Pfeile.", jammerte der jüngere.

„Ihr habt mich in Schwierigkeiten gebracht und ich soll für euch Pfeilen schmieden? Seid ihr ganz bescheuert?", schrie Wieland.

„Hey Mann, sachter. Wir sind kooperativ und gute Freunde. Du gibst uns mal was und wir erzählen dem Vater nicht, dass du Badhilde bumst." Als der jüngere das sagte, versuchte Wieland ihn eine Schelle zu verpassen. Jedoch taumelte er und fiel zu Boden und beide Jungs lachten. Die bandagierte Füßen fingen erneut an zu bluten.

„Wenn eure Schwester hier wäre, würde sie euch Respekt beibringen.", warnte Wieland.

„Wir wollen nur ein paar schöne Pfeile.", wiederholte der jüngere.

„Hör auf, das hast du längst gesagt. Er weiß, dass wir womöglich mehr wissen, was Vater nicht erfahren darf.", lachte laut und dreckig der ältere.

Wieland war es klar, dass die Beichte der Jungs keine Reue enthielt, aber den Wunsch sich überlegen zu fühlen und zeigen, dass sie das Sagen hatten.

„Oh ja. Du fertigst uns Pfeile und gibst etwas Geld für Getränke und wir erzählen nicht, dass Badhilde einen Braten in der Röhre hat." Der jüngere trat

Wieland einen Schritt näher und versuchte bedrohlich zu wirken.

Die Neuigkeit kam für ihn unerwartet und er kämpfte noch, um aufstehen zu können.

„Hilf ihm mal.", befahl der ältere.

Der jüngere tat wie befohlen und hievte Wieland zum Stuhl.

„Seit wann wisst ihr das?" Einerseits gefiel ihm die Nachricht, aber lieber hätte er dies erst von seiner Auserwählten gehört.

„Sie hat drei Tage lang gekotzt und da hat unsere Putzi gesagt, dass sie schwanger ist. Ich habe in ihrem Zimmer den Schwangerschaftstest gesehen. Hey Mann, wir werden deine Brüder. Deswegen musst du uns gut behandeln."

Die Vorstellung, das Leben mit diesen zwei Männern verbringen zu müssen, war ein Omen, das Wieland gerne gemieden hätte.

„Ihr werdet Neiding nichts davon erzählen. Sie ist eure Schwester." Es war ihm nicht klar, wie er mit der Situation umgehen sollte, aber er musste dies mit Badhilde bald diskutieren.

„Pfeile her oder wir reden mit Vati. Er glaubt uns alles.", forcierte und drohte der jüngere.

Wielands Augen wurden finster. Sein Gesicht verformte sich von einem passiven Mann, der Schmerzen ertrug, zu einem undefinierbaren Charakter, der von zwei naiven Männer beschworen wurde. Sie waren sich darüber nicht bewusst, was geschah, aber eine Vorahnung könnten beide nicht interpretieren und schätzten die Lage falsch ein.

„Siehst du, wir sind jetzt auch deine Familie. Vati wird Badhilde nicht sofort aus dem Haus werfen.", versuchte der ältere die Situation zu beruhigen.

„Ich habe eine Idee und wenn ihr mitmacht, schenke ich euch morgen nagelneue Pfeile." Wielands Lächeln wirkte nicht sonderlich freudig, aber beide Jungs wollten ihre Spielzeuge und so schenkten sie diesem Detail keine Achtung.

„Gibst du uns auch Geld fürs Bier?", wollte der jüngere wissen.

„Klar. Und dazu eine Überraschung. Wir sind jetzt eine Familie. Aber ihr beiden müsst rückwärts hierherkommen, nachdem der Schnee gefallen ist. Nicht davor und nicht vorwärtsgehen. Ich werde es prüfen. Wenn ihr diese Prüfung besteht, erfülle ich gerne eure Wünsche. Ich wette, dass ihr so bescheuert seid, dass ihr das nicht schaffen könnt."

Wieland stand mit einem Gehstock auf und zeigte den beiden die Tür.

„Rückwärtszugehen ist keine Herausforderung für uns. Schmeißt du uns raus?", fragte der ältere überrascht.

„Wenn ich die Pfeile gießen und noch aufs Klo gehen will, muss ich euch dabei nicht haben. Morgen nach dem ersten Schnee."

Alle drei lachten und die Tür klappte stumpf zu.

Spaß mit leichter Beute

„Warum müssen wir rückwärts durch den Schnee gehen? Das ist zu anstrengend.", jammerte der jüngere der Neidings Söhne.

Der ältere überlegte lang und schüttelte den Kopf.

„Er denkt, dass er lustig ist. Er ist älter als wir. Wer weiß, vielleicht ist er schon gaga." Beide lachten und gingen rückwärts in Richtung Wielands Werkstatt.

Als sie zum Fenster hereinschauten, stellten sie fest, dass sie erwartet wurden. Ihr werdender

Schwager, sollte er die Wut von Neiding überleben, winkte zu.

„Denkst du, dass Vater ihm verzeihen wird? Mit Badhilde ein Kind zu machen, war echt dumm von ihm.", tratschte der jüngere.

„Sie ist selbst daran schuld. Jeder weiß, dass, wenn man mit Frauen Sex hat, sie schwanger werden. Darum habe ich nie eine angefasst." Der ältere merkte zu spät sein Versprechen und haute den jüngeren drauf, während dieser lachte.

„Wenn sie schwanger ist, wächst ihr Bauch auch. Dann wird Vater sowieso davon erfahren.", sprach der jüngere und schaute zum Fenster hinein, um zu prüfen, ob sie noch überwacht wurden.

„Stimmt. Aber schmeißt er sie raus, sind wir dann Alleinerben.", erklärte der ältere.

„Pass auf, dass Wieland nicht mithört.", mahnte der jüngere.

Beide Männer überschätzten ihre Kühnheit und ignorierten jegliche Logik.

„Der ist ein Trottel. Wir nehmen alles, was er hat, und dann soll er sich mit Badhilde von hier verpissen. Ich mag keine Babys, sie schreien zu laut."

Sie waren fast an der Tür und Wieland machte die Tür der Werkstatt auf. Es war kalt, aber beide Jungs warteten wie vereinbart, dass es nicht mehr schneit, bevor sie ihn aufsuchten.

„Da seid ihr.", begrüßte der Schmied.

„Wir sind rückwärtsgegangen. Schau mal.", zeigte der jüngere stolz auf deren Schaffen.

„Nun, lass mich das prüfen. Oh ja. Das habt ihr prima gemacht. Kommt rein. Ich habe alles für euch vorbereitet." Fröhlicher als sonst schob Wieland beide Männer in die Hütte hinein.

„Wo sind die Pfeile?", fragte eifrig der jüngere.

„Das Geld fürs Bier auch. Nicht zu viele Münzen. Ich habe kein Gürtel an der Hose heute.", informierte der ältere.

„Ich hole sie. Stellt euch bitte hier neben dem Ofen. Ich kann nicht so gut mit geschnittenen Fersen gehen."

Sie hörten die Beschwerde, während Wieland im hinteren Raum verschwand und der jüngere zuckte mit den Schultern.

„Scheiß drauf, wenn er nicht gehen kann. Ich erzähle Vater, dass Badhilde schwanger ist, er schneidet ihm den Schwanz ab."

„Dann müssen wir nichts zurückzahlen und wenn er auch nicht mehr gehen kann, übernehmen wir die Geschäfte hier.", freute sich der ältere.

Schwere Schritte waren zu hören und so verstummten beide Jungs kurz.

„Augen zu, meine Herren. Ihr werdet erstaunen.", kündigte Wieland an.

„Oh Mann, ich kann kaum abwarten.", freute sich der jüngere.

Zwei Schüsse aus dem originalen Mimung flogen schnell nacheinander und kaum hörten die beide Männer, wie ihre Körper zu Boden der Werkstatt fielen.

Mein Kind

Der Mittag war längst um und von seiner Werkstatt vermochte Wieland das Tal zu überblicken. Er verschaffte die Überreste der Niedlings Söhne in die Schuppe hinter seinem Haus und reinigte den Boden von sichtbaren Blutspuren. Der Wind blies sanft und ließ die vom Winter getrockneten Äste der Birken und Fichten eine Melodie klappern. Kaum hörbar waren die Schritte von Badhilde, als sie die Straße hinaufkam. Er bemerkte den unvorhergesehenen Besuch und rannte trotz der Schmerzen und Unbeweglichkeit seiner Füße zum Bad.

Eine schnelle Toilette wurde mit ein Deospray oberflächlich ergänzt und seine langen Haare band er geschickt hinter seinem Kopf zusammen. Er lief zum Ganzkörperspiegel im Schlafzimmer und prüfte, ob womöglich Blutspuren zu sehen waren. Zufrieden mit dem Ergebnis gurgelte er mit etwas Mundwasser und sprintete zur vorderen Tür. Die Anstrengung ließ seine Wunden erneut aufgehen und er griff zum Erstehilfekasten und setzte sich erschöpft auf die Veranda.

„Hallo Wieland.", erklang lieblich und melodisch die Stimme von Badhilde.

„Schön, dass du kommst. Ich brauche Hilfe mit meinen Bandagen." Er lächelte charmant, bewusst von seiner maskulinen Wirkung auf sie.

Sie trug dicken Wollpulli und einen Rock mit rot-schwarzem Muster. Sie fasste seinen bärtigen Kinn und zog etwas unsanft seine Lippen zu sich und küsste ihn.

„Ich hoffe, dass du mehr als nur Hilfe mit deinen Bandagen von mir erwartest." Erneut küsste sie ihn und ihre Hände glitten durch seine beharrte Brust.

„Dein Vater hat mich besucht." Gefühle der Rache und der verletzte Stolz mischten sich und ihm wurde schwindelig von dem Adrenalin. Er fasste ihre Hand und zog ihr Körper zu sich und ließ sie auf seinem Schoß sitzen.

„Ich hörte davon, darum habe ich mich beeilt. Es war nicht möglich, früher zu kommen. Warte! Lass mich zuerst deine Füße versorgen."

Sie kniete vor ihm und öffnete die alte Bandage.

„Ich träumte von Allweiß, als ich noch am Boden lag." Er beabsichtigte, keine Eifersucht zu erzeugen, aber Badhilde hegte solche Gefühle für ihre Vorgängerin nicht. Sie fühlte sich fast wie eine Schwester an sie verbunden und ihre Geschichten inspirierten sie.

„Fehlt sie dir?"

„Manchmal ja, aber wenn du bei mir bist, denke ich an nichts anderes. Deine dämlichen Brüder haben mir etwas erzählt ... was ich lieber erst von dir erfahren hätte." Badhilde setzte ihre Hand auf seine Lippen und schloss ihre Augen.

„Ich glaube es nicht. Ich will das nicht zu Ende hören und tue so, als hättest du diesen Satz nicht angefangen. Einverstanden?" Sie lief rot an und holte tief Luft. Diese Intromission in ihr privates Leben war mehr als was ihr zuzumuten war.

Wieland nickte.

„Wir bekommen einen Sohn. Das vermochten diese Trottel nicht zu wissen. Sie wollen, dass Vater mich enterbt, damit sie zu große Bossen hier in Jütland werden. Wenn sie im Bilde wären, wie Pleite Neiding ist und wie ich sie hasse, würden sie nach Süden ziehen. Wie fühlst du dich als Vater?" Diese Ankündigung kam unverhofft, aber Wieland mochte sie.

„In meiner Familie verlassen uns die Frauen, wenn sie ein Kind bekommen haben. Ich will dich aber nicht verlieren. Lass mich nicht mit meinem Sohn allein." Ein gewisser Trauma war zu erkennen. Ein starker Mann zu sein, der seine Mutter nie gesehen hat, basierte auf einer Leere, die nur durch eine wahre Liebe erfüllt werden könnte.

„Die Frauen in meiner Familie sind anders. Sie kratzen früher ab. Aber ich beabsichtige nicht, dich zu verlassen, und sterben habe ich ebenfalls nicht vor. Erzähl mir, was haben meine Brüder wieder angestellt." Badhilde holte den Ring von Allweiß aus ihrer Tasche und zeigte ihn Wieland.

„Ich wollte ihn dir schenken, wenn ich dich gebeten hätte, meine Frau zu werden." Er fuhr mit seinem Finger um die Linien des Ringes. Die Verzierungen waren

„Dann lass mich diese Geschichte korrigieren. Werde mein Mann und dieser Ring soll etwas kleiner sein. Meine Finger sind verglichen zu Allweiß winzig." Sie zeigte ihm ihre Hand.

„Dafür ist dein Herz umso größer. Wie weißt du, das es ein Sohn wird?" Er küsste ihren Bauch.

„Der Doktor hat es mir beim Ultraschal berichtet. Wie soll er heißen?"

„Wittig. Noch ein W in unserer Familie. Ich befürchte nur, dass dein Vater ein Problem sein wird." Er knöpfte seine Hose auf und lud mit einem Blick Badhilde zu mehr Einigkeit ein.

„Wir werden heimlich heiraten. Ich organisiere alles. Mein Vater wird für das, was er dir angetan hat, büßen. Das verspreche ich dir."

Er überlegte, ob es passender wäre, sie in den Tod ihren Bruder einzuweisen, aber seine Überlegungen wurden durch ihre Griffe an seinem Körper unterbrochen.

Sie liebten sich über eine Stunde und Begierde stieg in seinem Leib und ließ ihn jeglichen Schmerz vorübergehend vergessen.

„Vater ist beängstigend und von zwei Idioten manipuliert, er wird umso gefährlicher. Es tut mir leid, dass ihre Lügen dich so sehr verletzt haben. Ich wäre nicht so friedvoll wie du. Ohne Zweifel hätte ich beide eigenhändig getötet und meinen Vater hinterher." Badhilde legte ihm die Bandagen an und nahm Platz an seiner Seite.

„Genau das habe ich vor. Für unsere Vermählung werde ich deinen Ring anpassen. Ich bin sicher, Allweiß würde sich freuen, deine Brautjungfern zu sein. Aber, ich muss dir etwas Heikles erzählen."

Verlorene Kinder

Badhilde war weg und die heimliche Ehe am Vorbereiten. Die Nachricht über das Schicksal ihrer Brüder fasste sie ohne jegliches Mitgefühl. Zu viel Böses geschah zwischen ihnen und sie fand keinen

Grund, sie zu betrauern. Die Sonne hat auch sich bereits im Westen niedergelegt und die zwei Niedlings Schläger klopften an die Tür der Wielands Hütte.

Er schleppte sich zur vorderen Tür unter der Folter der Schmerzen seiner verletzten Fersen.

„Was wollt ihr?", fragte er herausfordernd. Mit einer Hand hinter der Tür hielt er Mimung, bereit, einen neuen Opfer zu niederlegen.

„Die Söhne von Neiding sind verschwunden und er bat uns, hier zu fragen, ob du sie gesehen hast. Sie hatten vor, jagen zu gehen." Der Schläger fühlte sich unsicher, ohne klar identifizieren zu können, welches Gefühl an diesem Szenario nicht stimmte.

„Echt jetzt? Ihr kommt hier, nachdem ihr mich verletzt habt, und fragt, ob ich irgendwen aus dieser Familie gesehen habe?" Wielands Zorn war bereits über der akzeptablen Grenze geschossen und gerne hätte er Mimung neue Gabe verleihen.

Unklar, ob dies eine Frage oder lediglich ein rhetorischer Satz war, nickten beide Männer und schauten ihn durch die Sonnenbrillen an.

„Ja. Sie waren sehr früh hier. Ich habe ihnen Pfeile geschenkt und sie gingen da hinunter. Ihr seht ihre

Fußstapfen im Schnee." Wieland zeigte den Weg, wo die Männer rückwärtsgegangen sind.

Die Schläger schauten den Hang an und sahen nur die Fußstapfen einer Frau und vermissten den Weg der Niedling Söhne zur Hütte.

„Wie kamen sie hier? Heute war nichts los hier und nur eine weitere Person war da.", fragte barsch der andere Schläger ebenfalls mit Sonnenbrille.

Wieland stellte fest, dass seine List gut ausgedacht war, aber dieses Detail nicht vorsah. Er zog den Abzug von Mimung und noch bevor dieser die Auslöserposition erreichte, fiel ihn eine Antwort ein.

„Sie kamen, bevor es zu schneien aufhörte, daher gibt es keine Spuren. Jetzt schleicht euch! Ich will eure Visagen hier nicht wieder sehen." Die kräftigen Worte schienen Wirkung zu zeigen und sie drehten sich zum Weggehen.

„Wartet! Ich habe noch eine Botschaft an euren Boss. Gebt genau das, was ich euch sage, wieder. Zum Badhildes Geburtstag werde ich ihm ein Geschenk machen, das unseren Streit für immer beenden wird. Ich weiß, wie er sein Frühstücksmesser, das ich für ihn geschmiedet habe, mag. Daher soll seine Tafel mit viele Attributen gefüllt sein, die ihn niemals unsere freudigen Jahre vergessen lassen. Ich will keinen weiteren Zwist zwischen uns. Habt ihr das verstanden?" Beide Männer nickten mehrmals.

„Keine Sorge. Wir werden dein Friedensangebot vortragen. Wir tun nur das, was unser Boss befiehlt. Nichts Persönliches. Wir haben nichts gegen dich. Frag deinen Bruder. Er kennt uns." Dies sollte eine Entschuldigung sein, aber er war daran nicht interessiert.

„Du bist uns früher immer sehr freundlich gewesen.", ergänzte der andere.

„Schleicht euch!", befahl er.

Sie gingen vorsichtig den Hang hinunter.

Er entspannte Mimung.

Unvergessliche Momente

Eine lange Nacht stand Wieland bevor. Er kam in die Schuppe und sah seinen Hengst Schemming, ein Geschenk von Neiding, an.

Beide Männer lagen am Boden und der jüngere lächelte weiterhin, als würde er noch nicht sein Ende begriffen haben.

Er zog sie aus und warf die Kleider in seinen Schmiedofen. Während die Flamen ihr Haben verzerrten, nahm Wieland ein Maßband aus Holz.

Es war nicht das erste Mal, dass er zwei Männer niederstreckte. Als er mit seiner Lehre fast fertig war, drohten die Zwerge, wo er seine Schmiedekunst gelernt hatte, ihn seinem Vater nicht zurückzugeben. Sie meinten, dass seine Ausbildung zu viel gekostet hätte. Er war sich jedoch bewusst, dass er zu wertvoll für die Werkstatt war. Aus Verzweiflung verbrachte sein Vater drei Tage vor dem vereinbarten Termin zu seiner Abholung vor dem Berg und wurde von rollenden Steinen, welche durch ein Erdbeben ausgelöst wurden, erwischt.

Er suchte mit den Zwergen den ganzen Nachmittag und als er seinen Vater fand, wurde ihn klar, dass er in den nächsten Jahren in der Obhut dieser Männer sein wird.

Vor seiner Lehre bei den Zwergen war er jedoch bei dem berühmten Mime, wo er die Schmiedekunst von Schusswaffen gelernt hatte. Dort traf er seinen Freund Siegfried, beide waren Lehrlinge, aber der

Meister missbrauchte die Schüler und das sprach sich rum. Sein Vater nahm ihn von dieser Werkstatt so schnell wie möglich.

Ob die Missbräuche von Mime seine Psyche verletzt hatten, wusste er nicht mehr, aber er wurde härter und seine Gefühle stumpften.

Seine erste Waffe gab ihn der eigene Erzeuger. Sein Vater misstraute den Zwergen und instruierte ihn, diese zu töten, sollte er nicht in der Lage sein, ihn an dem vereinbarten Tag abzuholen.

So tat er. Weder Reue noch Trauma plagten ihn. Es war für das eigene Überleben erforderlich. Das Gesetz im Lande war in den Händen korrupter Politiker und er wollte sich nicht darauf verlassen.

Seine ersten beiden Opfer begrub er an der gleichen Stelle, wo er den toten Körper seines Vaters fand.

Vertieft in diesen Gedanken prüfte er, ob alle Habseligkeiten der Söhne von Neiding vernichtet waren.

Sicher, dass es keine verdächtigen Überreste gab, machte er sich an die Leichen ran. Er zerstückelte sie und warf die Teile in den Ofen und sicherte die blanken Knochen.

Er schaute seinen Vorrat an Gold, Nickel und Eisen und entschied sich für ein Tafelservice-Muster mit dem Emblem des Landes.

Er selektierte die Knochen und schnitt diese auf passende Größen und fertigte in vier Tage ein opulentes Besteck. Aus den Schädeln brachte er zwei Pokale hervor. Er schlief keinen Moment und als das letzte Stück poliert wurde, fiel er erschöpft am Boden der Werkstatt, wo er fast achtundvierzig Stunden später erwachte. Nur ein Satz verfolgte ihn im Traum, derselbe, den er aussprach, als er aufwachte.

„Die Rache ist mein."

Vereinte Brüder

Dem Geruch nach zu urteilen, hätte ein Bad Eigil nicht geschadet. Er war seit einiger Wochen unterwegs im Osten vom Wolfstal auf der Suche nach seiner Ex-Freundin.

„Seit wann schläfst du am Boden?", fragte er Wieland in der Werkstatt.

Als sein Bruder versuchte, aufzustehen, fiel er wieder wie eine Marionette, an der die Schnüre gerissen waren.

„Oh Heimdall, was ist es mit dir passiert?" Eigil bemerkte erst die blutigen Bandagen.

„Ich bekam Besuch von Neiding. Er dachte, dass Gold unserer Familie von ihm entwendet wäre. Sie erwischten mich im Schlaf und prügelten mich zusammen und verletzten meine Füße. Ich hatte keine Möglichkeit, mich zur Wehr zu setzen." Eigil hievte seinen Bruder und sie spazierten zur Hütte, wo er Wieland aufs Sofa setze.

„Dem Scheißkerl werde ich heimzahlen. Wie kam er auf diese absurde Idee?" Er lief zur Küche und setzte das Wasser zum Kochen.

„Seine Söhne haben das Geld gestohlen und behauptet, unser Gold wäre Diebesgut. Neiding suchte seit Jahren nach einer Möglichkeit, mich zu erledigen. Er weißt, dass Badhilde mich liebt und er meinte, dadurch werden wir uns nicht mehr sehen oder so. Doch hat er etliche Fehlern begangen." Wieland deckte sich mit einer dicken Wolldecke und versuchte seine Schmerzen mit hochprozentigen Rum zu betäuben.

„Soll ich etwas Rum in deinen Tee gießen?" Eigil sorgte sich um seinen älteren Bruder. Die ostfriesische Mischung schwerer Duft erfüllte den Raum.

„Lass es, das mache ich. Es gibt jedoch gute Neuigkeiten." Wieland versuchte zu lächeln, aber dies misslang ihm. Zorn und Rachedurst machten ihn fast blind für jegliche Vernunft.

„Wenn ich dich sehe, frage ich mich, was überhaupt Gutes geben kann, solange dieser Verbrecher lebt." Eigil drückte die geballte Faust auf den Esstisch.

„Du wirst Onkel." Der riesige Hunne verwandelte sich in einen großen freundlichen Mann, ergriffen von dieser Neuigkeit, liefen ihm die Tränen aus seinen Augen. Er selbst liebte seinen Sohn und freute sich, ein weiteres Mitglied in der Familie zu haben.

„Ich glaube es nicht. Du und Badhilde?" Eigil drückte seinen Bruder umso fester.

„Sachte, Mann! Du nimmst mir die Luft weg. Jemand kommt die Hügel hinauf.", bemerkteWieland.

„Ich schaue nach. Aber ich werde vorsichtig sein. Keine Sorge." Niemand wusste, was passieren würde, wenn Neiding davon erfährt.

„Es ist Stagsinder.", kündigte er an. „Komm rein. Du wirst auch Onkel.", begrüßte er seinen anderen Bruder, der ebenso staatlich war.

„Du nimmst mir die Überraschung weg.", monierte Wieland.

„Es ist gut, dass wir zusammen sind und über Neiding sprechen können." Eigil zeigte auf die Füße seines älteren Bruders.

„Was soll das denn sein? Hattest du einen Unfall in der Werkstatt?", fragte Stagsinder.

„Nein, das waren die Handlanger von Neiding." Wieland fühlte sich geborgen zwischen seinen Brüdern und doch Schmerz und Zorn gaben ihm keine Pause.

„Ich war im Westen vom Wolfstal und unsere Ex-Freundinnen sind dort nicht untergetaucht. Wir sind wirklich für immer verlassen.", kündigte Stagsinder an.

„Ich muss euch etwas erzählen. Letzte Woche zwang mich Neiding, einen Apfel auf den Kopf meines Sohnes zu setzen und diesen zu treffen. Er drohte, mich und mein Kind zu töten, wenn ich seinem Befehl nicht gefolgt hätte. Ich muss bei ihm noch ein Jahr arbeiten, bis meine Schulden abbezahlt sind. Er händigte mir die Waffe, die du für ihn angefertigt hast aus und eine Kugel. Ich verlangte jedoch zwei Patronen. Ich könnte meinen Bub verletzen, das wusste er. Er lachte und mein Schuss traf wie erwartet ins Ziel und spaltete den Apfel in zwei Hälften. Ich bin immer noch der beste Schütze in der Region. Als er mich fragte, warum ich zwei Patronen benötigte, sagte ich ihn, dass, wenn ich meinen Sohn verletzt hätte, wäre der zweite Schuss für ihn reserviert. Ich kann diesen Mann nicht mehr aushalten." Eigil zitterte beim Erzählen des Vorfalls.

„Keine Sorge mein Bruder. Badhilde und ich werden heimlich im Ausland heiraten und nach ihrem Geburtstag zieht sie hier zu mir. Ich habe dafür gesorgt, dass er uns nie wieder was antut."

Das Dunkle in den Wielands Augen war leer und endlos wie sein Wunsch nach Rache.

Eine reiche Tafel

Die Suche nach den Niedlings Söhnen eskalierte. Die Zettel mit der Bitte um Informationen waren überall aufgestellt, doch keiner könnte einen Hinweis auf ihre Bleibe liefern.

Neidings Palast war groß. Er baute diesen nicht selbst, aber erbte ihn von seiner Familie. Unglücklich in seinem Werdegang waren jedoch seine kriminellen Straftaten, welche er als sein Recht betrachtete. Viele seine ehemaligen Freunde erkannten seine Natur zu spät und seine Feinde wurden nicht weniger. Die Anlage war groß und dort wohnten sogar einige Mitarbeiter in den unteren Räumen. Auch Wieland residierte mal im Souterrain neben der Hausschlosserei.

Badhilde ging ihm aus dem Weg und offensichtlich war sie wegen des Vorfalls bei dem Schmied verärgert. Er hat ihre Liebe zu dem Mann unterschätzt und jetzt, ohne seine Söhne merkte er, wie einsiedlerisch er wurde.

Die Vorankündigung von Wieland über ein Friedensgeschenk beunruhigte ihn. Er war meistens schweigsam und selten suchte er nach einer Einigung, seit Neiding ihn betrogen hatte. Es war nur sein Interesse an Geld von Truchseß, er dachte nicht, dass Wieland je in Erwägung ziehen würde, Badhilde tatsächlich heiraten zu dürfen.

Am frühen Morgen kam Stagsinder und kündigte die Anlieferung des Geschenks seines Bruders und das hat ihn trotz der Vorankündigung überrascht. So viele Formalitäten waren zwischen ihnen nicht üblich und nach dem Angriff auf ihn dachte Neiding, sie wurden sich nie wieder unterhalten.

Kurz nach Mittag kam Eigil mit einer schweren Kiste und klopfte an die Tür.

„Bitte lassen Sie die Tafel freimachen, damit ich das Geschenk meines Bruders aufstellen kann. Ich muss seinen Anweisungen folgen. Er will keinen Schmutz in der Nähe der feinen Reliquien." Seine Stimme ertönte gestellt und künstlich. Neiding fühlte sich sehr ermattet, aber der Name Reliquien klang teuer, darum versuchte er die entsprechende Würde vorzuführen. Er hob seine Hand in Richtung der Hausdame und sagte laut:

„Bitte putz die Tafel sauber, damit meine Geschenke aufgestellt werden können. Reliquien, ja, die Reliquien." Er wollte nicht fragen, was das wirklich ist, und nahm an, es handelte sich um schöne Juwelen.

Während die Hausdame mit Putztüchern zum Speisezimmer eilte, suchte Neiding nach seinen Bodyguards.

„Wo sind diese Faulpelze?", schrie er im Hof, wo keiner sich aufhielt oder auf seinen Unmut achtete.

„Bitte, Untersetzer aus weißem Leinen für die Pokale.", ordnete Eigil und die Dame eilte zur Buffetschublade.

Neiding sah, wie jedes Stück des Service ordentlich aus der Transportkiste hineingebracht wurde und die feine Tafel zierte.

„Das ist ja außergewöhnlich. So etwas schönes habe ich im Leben nie gesehen. Ich bin sicher, dass es Unsummen kostet." Er inspizierte die einzelnen Stücke und überlegte, wie viel Angst der Schmied verspürte, um ihm ein solches Geschenk zu machen.

„Wieland will nur, dass Sie entsprechend für das Wiedersehen mit Ihren Söhnen vorbereitet seien und klar, für den Geburtstag Ihrer Tochter Badhilde." Eigil klang formal und dem Protokoll angemessen für einen feinen Mann, wie Neiding sich einschätzte.

„Aber trotzdem seid ihr drei zu Feierlichkeiten nicht eingeladen. Wir feiern nur in kleinem Kreis in gehobener Gesellschaft. Ungeachtet dessen bedanke ich mich für diese Geschenke. Hat dein Bruder auch eine Flasche Met für die Pokale mitgeliefert?", fragte der nimmersatte Mann.

„Wohl wahr, er hat nicht daran gedacht. Diese werde ich höchst persönlich morgen vorbeibringen. Dabei dürfen Sie Ihren Dank direkt Wieland ausdrücken. Wir gehen sofort hinterher weg, damit wir die Feierlichkeiten nicht stören." Etwas an der Formalität, wie Eigil dies aussprach, verunsicherte Neiding und er überlegte, ob er die Mitarbeiter einladen sollte, nur damit sie sehen, was Angst erzeugt. Eventuell werden sie ihm auch etwas wertvollen schenken.

„Wo sind Ihre Söhne?", fragte Eigil.

„Sie kommen schon irgendwann, wenn das Geld ausgeht. Jetzt hinfort mit dir. Ich möchte diese reiche Tafel genießen." Neiding wedelte mit der Hand, als wäre er zum König gekrönt worden.

„Sehr wohl, mein Herr. Wir sehen uns morgen.", verabschiedete sich Eigil.

Neiding lief langsam der Tafel entlang und schaute sich die metallverzierte weiße Objekte an.

„Hirschknochen. Wie billig. Nun, das Gold ist jetzt meins."

Zum Geburtstag

Am Vormittag liefen die Hausdame und drei Aushilfen pausenlos, um den Dinnerraum auszustatten. Die ständigen Änderungen, die Neiding zudiktierte, führten sie akribisch um.

„Wo ist meine Tochter? Das ist nämlich ihr Empfang.", schrie er eine der Bedienungen an.

„Ich weiß es nicht, Herr Neiding." Sie mimte einen Knick und verschwand in Richtung Küche und ließ ihre unachtsame Kollegin allein mit dem tobsüchtigen Herrscher.

„Wo sind meine Bodyguards? Es ist zehn nach zehn. Geh und hol sie." Das verunsicherte Mädchen sah darin eine Möglichkeit, den Raum zu verlassen, aber bevor sie den zweiten Schritt vornahm, meldete er sich wieder.

„Du hast die Blumen nicht richtig aufgestellt. Du faules Stück." Das Mädchen tat das Mögliche und ließ ihn allein.

„Badhilde!", schrie er und keiner meldete sich.

Kurz nach seinem Ruf kam die ältere Hausdame herein.

„Ihre Tochter hat einen Zettel mit einer Nachricht hinterlassen. Sie meinte, dass sie ihre Haare frisieren lässt und wird um drei wieder da sein." Sie wollte auf eine Reaktion nicht warten und drehte sich in Richtung Tür.

„Meine Gorillas? Wo sind sie?" Damit meinte er seine persönliche Garde, dies verstand sie sofort.

„Ich nehme an, dass sie mit ihr unterwegs sind. Ich muss mich um das Essen kümmern.", insistierte sie und ließ ihn allein.

Er bewunderte seine Tafel und die Blumen waren geschmackvoll aufgestellt. Er überlegte, ob er Wieland verzeihen sollte. Dadurch könnte er weitere Geschenke dieser Art bekommen. Gier und der unersättliche Wunsch nach Reichtum begleiteten ihn seit seiner Kindheit.

Im Hof waren bereits Gäste oder Personal zu hören und er eilte zum Fenster, um zu prüfen, wer es sein könnte. Eine ältere Dame, die er nicht kannte, aber nahm an, sie wäre eine Mitarbeiterin, suchte seine Gunst. Eine andere Frau kam ihm bekannt vor und er bemerkte ihre günstige Bekleidung. Er sah die jüngere der Aushilfen und schrie vom Fenster.

„Bring die Gäste zum Saal, aber sie müssen noch eine Stunde warten. Sie sind zu früh." Er bemühte sich, die Damen nicht anzuschauen, um zu demonstrieren, dass er höher in der Gesellschaft stand.

Es war ein perfekter Tag für den Empfang und er hoffte, dass einer der besser gestellten Männer aus Jütland sich für seine Tochter interessieren würde. Ein Gewinn bringender Ehe wäre nur in seinem Interesse. Darum lud er auch die Verwandten von Truchseß ein. Der jüngere Bruder war immer noch unverheiratet und ungeachtet der Gerüchte, dass er sich für Frauen nicht erwärmen konnte, war er der Erbe der Familie.

Badhilde war bereits unweit vom Eingangstor zu sehen.

„Verdammtes Weib. Sie hat Wieland dabei." Neiding wurde zornig, weil er annahm, ihr Interesse für den Schmied wurde früher oder später abklingen, doch das Gegenteil schien der Fall zu sein.

Er trug bereits eine fast zu formale Kombination aus drei Teilen für den Empfang und wenn man modebewusst wäre, hätte man dies für den Abend geeignet erkannt. Doch diese Konventionen interessierten ihn weniger.

Eigil begleitete seinen Bruder, anstatt bei Neiding zu arbeiten, was ihm auch nicht gefiel.

So entschied er sich, sich zum Eingang zu bewegen und für etwas Ordnung zu sorgen.

„Was fällt dir ein, den ganzen Tag zu verschwinden? Es ist ein Empfang wegen deinem Geburtstag. Du sollst die Gäste willkommen heißen.", monierte Neiding bereits fern von der Gruppe.

„Gewiss. Die Feier fängt gleich an und jetzt übernehme ich hier die Organisation und du, setz dich in den Saal." Es war keine Bitte, es war ein Befehl.

Zum ersten Mal verstand er, dass seine Tochter erwachsen wurde und scheinbar die Rangordnung im Haus nicht mehr befolgen wollte. Etwas eingeknirscht leistete er der Anweisung Folge und lief in Richtung Saal.

„Aber die da sind nicht eingeladen.", zeigte Neiding auf Wieland und Stagsinder. Die Anzahl der Gäste war übersichtlich und diese, die hinkamen, waren nur geschäftlich verpflichtet. Aber seine Tochter suchte die richtigen Besucher für den Anlass.

„Beweg dich zum Saal. Die Gäste sind meine Sorge.", wisperte Badhilde.

Es dauerte kaum eine halbe Stunde und einige Eingeladene kamen herein und stellten sich um seine wohldekorierte Tafel.

Neiding präsentierte stolz das Geschenk von Wieland herum und protzte mit dem Wert jedes einzelnen Objekts. Doch anstatt Erstaunen zu erregen, blieben die meisten erstarrt und würdigten ihn mit keinem Kommentar.

Unzufrieden mit diesem Verhalten bewegte er sich zur nächsten Gruppe und bediente sich mit Met, den Eigil ihm zuvor geschenkt hat. Gegen seine Anweisungen betrat Wieland jedoch den Saal und blickte ihn finster an.

„Was soll das denn sein? Ich habe dich nicht eingeladen.", schrie Neiding ohne jegliche Rücksicht auf die Gäste.

„Er ist mein Mann und auf meinem Empfang ist er mein Hauptgast." Badhildes Worte lösten eine Welle von Ohs und Ahs und dies erzürnte ihren Vater umso mehr. Truchseß' jüngerer Bruder guckte sehr gefesselt auf Wielands Brust und warf einen mondänen Blick auf den Begleiter, den er mitbrachte.

„Er ist nicht dein Mann.", widersprach ihr Neiding.

Badhilde schlenderte um die Tafel zu ihrem Vater und legte ihre zartgeformte Nase sehr nah an sein Gesicht.

„Ich entscheide selbst, wer mein Mann ist und dieser da ist meiner. Und du solltest eins wissen ...", sie legte eine Pause und blickte zu Wieland, der ihr bei der Antwort zustimmend nickte.

„In weniger als acht Monaten werde ich Mutter von Wittig, seinem Sohn." Der kumulierte Hass, den sie für ihren Vater im Lauf der Jahre gesammelt hatte, schien in einem Satz ausgesprochen zu sein. Sie war nicht mehr das zarte und unschuldige Mädchen, das er mal erzogen hatte. Sie war eine Frau, die ihn für die Verletzungen ihres Mannes zur Verantwortung zog. Unschlüssig über die Situation verflogen ihn jegliche Worte und er schaute Badhilde erstarrt an.

„Wir haben vor drei Tagen in Dänemark geheiratet.", sprach sie die Gäste an. Diese applaudierten und gratulierten dem Paar, während Neiding nach seinen Bodyguards Ausschau hielt.

„Ich werde dich enterben. Du bist ein billiges Flittchen, wie deine Mutter es war. Ich hätte das Miststück früher aus dem Haus werfen sollen. Dir wird das noch leidtun.", drohte er.

„Du bist pleite. Von dir will ich auch nichts erben. Mein Kind soll unbelastet leben. Wir werden nicht in deiner Hörweite sein. Du hast allen, die in deiner Nähe waren, Leid zugefügt. Ich muss meinen Nachkommen schützen." Die Entschlossenheit von Badhilde war fast eine Kampfansage.

„Wo sind meine Männer?", fragte er Eigil.

„Heute bin ich allein für Sie verantwortlich. Ihre Jungs haben gekündigt und ich bin sicher, sie werden dieses Haus nie wieder betreten." Eigil schien seine Stellung, ebenso wie Badhilde, vergessen zu haben, verstand Neiding.

Er stand auf und sein Gesicht lief rot an. Wutentbrannt knallte er mit seiner kleinen Faust auf den Tisch und sämtliche Objekte klapperten, während einige Gläser umfielen.

„Was geschieht denn hier? Ohne meine Erlaubnis heiratest du diesen Mann und meine Mitarbeiter kündigen? Du steckst dahinter Wieland, und wenn dieser Affenzirkus hier fertig ist, werden deine Füße deine geringste Sorge sein. Ich verlange sofort eine Erklärung oder ich beende diese Feier unverzüglich." Einige Gäste lachten, andere schauten gespannt, aber insbesondere missfiel ihm der Blick von Eigil.

„Oder verdanke ich den Verrat dir? Nur weil ich dich für meine Gäste um den Schuss auf dem Kopf bat, musstest du nicht so überreagieren." Neiding merkte, dass er in der Minderzahl war und wurde verunsichert.

Eigils Gesicht war undefinierbar, seine Augen waren leer und seine Lippen deuteten auf ein sardonisches Lächeln. Es wurde Neiding klar, dass die Jahre der Unterdrückung ihm noch einen Feind beschert haben, den er nicht rechtzeitig erkannte.

Wieland hinkte nach vorne gestützt von seinem Bruder Stagsinder und nahm Platz auf einem Stuhl.

„Darum habe ich die Witwe von Amilias eingeladen, damit sie aufgeklärt wird, dass ich ihn nicht getötet habe, aber dass du ihn zu einer Mutprobe mit meiner ersten Waffe gezwungen hattest und er verloren hatte. Für dieses Verbrechen hast du mich verantwortlich gemacht, wie auch im Fall von Truchseß. Du schicktest ihn nur, um von mir deinen bescheuerten Siegstein zu nehmen, um meine erste Vermählung mit Badhilde zu hindern. Wie du siehst, hat dir nichts geholfen, oder?

Wegen dir bin ich für mein Leben gekennzeichnet. Ich werde nie wieder ohne Schmerzen gehen können. Das Vermögen, was du reklamierst, wurde von deinen eigenen Balgen gestohlen. Das haben sie mir gebeichtet. Sie haben dich belogen und die Kohle für ihre Unterhaltung ausgegeben. Es sollte dir doch auffallen, dass so viel Geld für Sport, Kleidung und Partys du ihnen nie gegeben hast, oder? Du hast meinen guten Ruf ruiniert, wie du könntest, jetzt bekommst du, das was du selbst gesät hast." Wieland wurde etwas schwindelig wegen seinen Schmerzen, aber er hielt tapfer diese aus, um seine Rache zu Ende zu führen.

„Erschieße ihn Eigil. Ich befehle es dir." Die Gäste waren über Neidings Worte entsetzt und liefen zur Seite, um sich in Sicherheit zu bringen. Geschrei und Proteste vermischten sich zu einem kleinen Tumult.

Wieland stand auf und stützte sich am Rand der Tafel. Eigil zog seine Waffe und schoss in Richtung seines Bruders. Ein Knall wurde von einer Explosion gefolgt und Truchseß' jüngere Geschwister ließ einen gällenden Schrei aus und fiel in Ohnmacht auf die Brust von Stagsinder, der etwas verlegen in die Menge schaute.

„Das war das letzte Mal, dass du mich gesehen hast, du alter Mistkerl. Jetzt weißt jeder in Jütland, was für ein Mensch du bist.", schrie Badhilde.

Sie lief mit der Hausdame hinaus und beide Damen trugen ihr vorbereitetes Gepäck mit. Die drei Aushilfen schienen ebenfalls nicht daran interessiert zu sein, das Ende der Vorstellung zu sehen und schnellten zum Ausgang.

„Für das, was du meinem Mann getan hast, wirst du büßen. Das schwöre ich dir.", sagte Amilias Witwe und folgte Badhilde.

„Mein Bruder war töricht, dir zu folgen, aber glaube mir, wenn ich dir sage, dass in einer Nacht ohne Vorwarnung ich dir einen Besuch abstatten werde. Es wird ein Abend sein, an dem du für deine Sünde meiner Familie gegenüber büßen wirst." Der jüngere Bruder von Truchseß zeigte unvermutete Kraft und Entschlossenheit, welche Neiding erschraken.

Mit anderen Gästen verließ er auch den Raum. Die Leere, die hinterblieb, war angsteinflößend, das konnte er spüren.

Als letztes trugen die großen Männer ihren verletzten Bruder hinaus.

„Feiere schön mit deinen Söhnen. Sie zieren deine Tafel." Stagsinder zeigte mit dem Finger auf die Objekte auf dem Tisch.

Schlagartig wurde Neiding klar, warum diese Reliquien genannt wurden.

Er schrie laut und weinte die Nacht durch.

Das Ende einer Saga

Stagsinder und Eigil saßen auf der Veranda und Badhilde kam zu ihnen und nahm Platz in einem breiten Bambussessel. An ihrem Bauch erkannte man eine fortgeschrittene Schwangerschaft.

„Im Nachhinein tat mir Neiding etwas leid. Meint ihr, dass er sich wirklich umgebracht hat?", fragte sie.

Eigil lachte und sein Bruder schloss sich dem Lachen an. Sie waren sehr groß und wenn sie sich gegenseitig auf die Knien hauten, bekam man selbst Beklemmung.

„Der jüngere Bruder vom Truchseß hat eventuell sein Versprechen gehalten und deinen Erzeuger einen letzten Besuch abgestattet. Egal wie, es geschah ihm recht. Er war dein Vater, aber auch eine Mistkröte." Stagsinder sprach mit Freude über Neidings Ende.

„Warum lacht ihr?", fragte Badhilde. Ihr war unklar, über welche Sauerei die Gebrüder sich freuten.

„Truchseß' jüngerer Bruder hat Stagsinder zu einer Wanderung eingeladen." Eigil klopfte den anderen auf die Knie.

„Lass das. Er ist nett. Darf man nicht sich über Gesellschaft freuen?", sprach Stagsinder etwas verklemmt.

„Eigil, sei kein Blödmann." Sie warf einen trockenen Zapfen auf ihn.

„Darf ich mich zu euch setzen?", fragte Wieland.

„Stagsinder hat einen neuen Liebhaber." Badhilde zuckte zusammen und lachte über ihren Schwager.

„Der gefällt mir. Sehr sympathisch. Sei nicht schüchtern. Du kannst ihn mal zum Abendessen hier zu uns einladen." Wielands Liebe zu seinem Bruder war herzerwärmend und lieferte Badhilde die Sicherheit und Stabilität, die sie suchte.

„Ich bin überzeugt, die Geschichte mit den Platzpatronen und dem falschen Blut wird ihm bestimmt gefallen.", schlug Eigil vor.

„Das kennt er bereits, aber ist ein gutes Thema. Ich freue mich, diese Sage unserem Wittig bald erzählen zu können." Stagsinders Bariton war stark und wohlklingend.

„Oh, nein.", schrie Badhilde.

„Was ist?", eilte Wieland zu ihr.

„Wir müssen zum Krankenhaus."

Offensichtlich war ihre Fruchtblase geplatzt.

Weitere Veröffentlichungen

Deutsche Romane

- Altreia, Drama, 1998
- Geheimnis der verdorrten Rosen, Mystery, 2009 *
- Virtuelle Liebe, Kurzroman, Thriller, 2016 *
- Paloma, Kurzroman, Thriller, 2016 *
- Die Muse, Kurzroman, Erzählung, 2016 *
- Post mortem Kino, Roman, Drama, 2016 *
- Die Heilerin, Roman, Thriller, 2017 *
- Geheimnis der verdorrten Rosen, Mystery, 2017 (Review) *
- Der Zauberspiegel des Eros, Roman, Thriller, 2017 *
- Das Tal, Roman, Thriller, 2017 *
- Jahreszeiten der Sünde, Roman, Thriller, 2018 *
- Die blutige Soiree des Grafen Rasnov, Thriller, 2018 *
- Sein letztes Opfer, Drama, 2020 *

Englische Romane

- Virtual Affairs – 2018 *
- Earl Rasnov's Bloody Soirée, 2020

Deutsche Hörspiele

- Paloma, 2017
- Virtuelle Liebe, 2018
- Die Muse, 2019
- Roberta, 2020

Kunstkataloge

- Geliebter Vater, 1995 *
- The new Artist, 1996 und 1997
- Liebe in Stücken, 2009 *
- Kunstkatalog, 2010
- Liebe in Stücken, Edition II, 2016 *
- Kunstkatalog, 2017 *
- Kunstkatalog, 2018 *
- Kunstkatalog, 2019 *

(*) Gelistet in der Deutschen Nationalbibliothek